CB064804

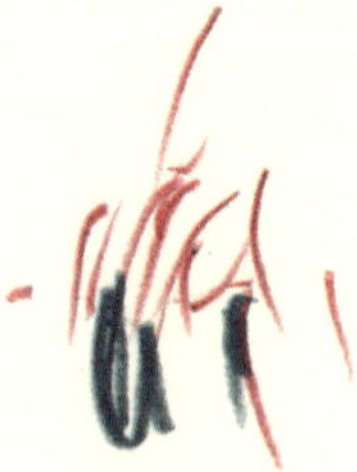

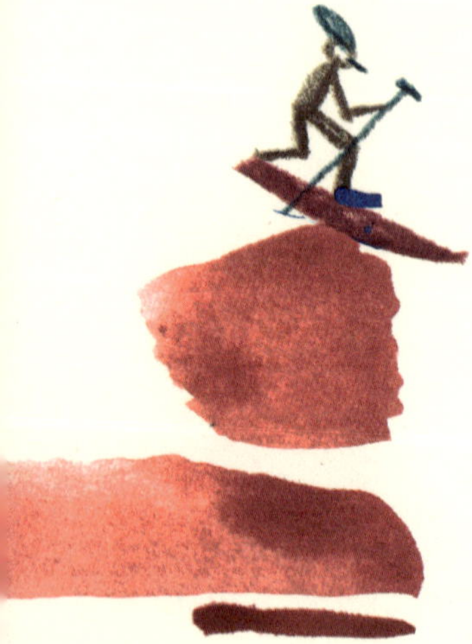

CASO ENCONTRE ESTE DIÁRIO:

Favor devolver às crianças das águas, aquelas que vivem nas margens dos rios ou também as que vivem sobre os rios escondidos em cidades asfaltadas.

Diário das Águas

**FLASHES E FRAGMENTOS DE UMA
VIAGEM PELAS INFÂNCIAS DOS RIOS**

escritos
GABRIELA ROMEU

desenhos
KAMMAL JOÃO

Peirópolis

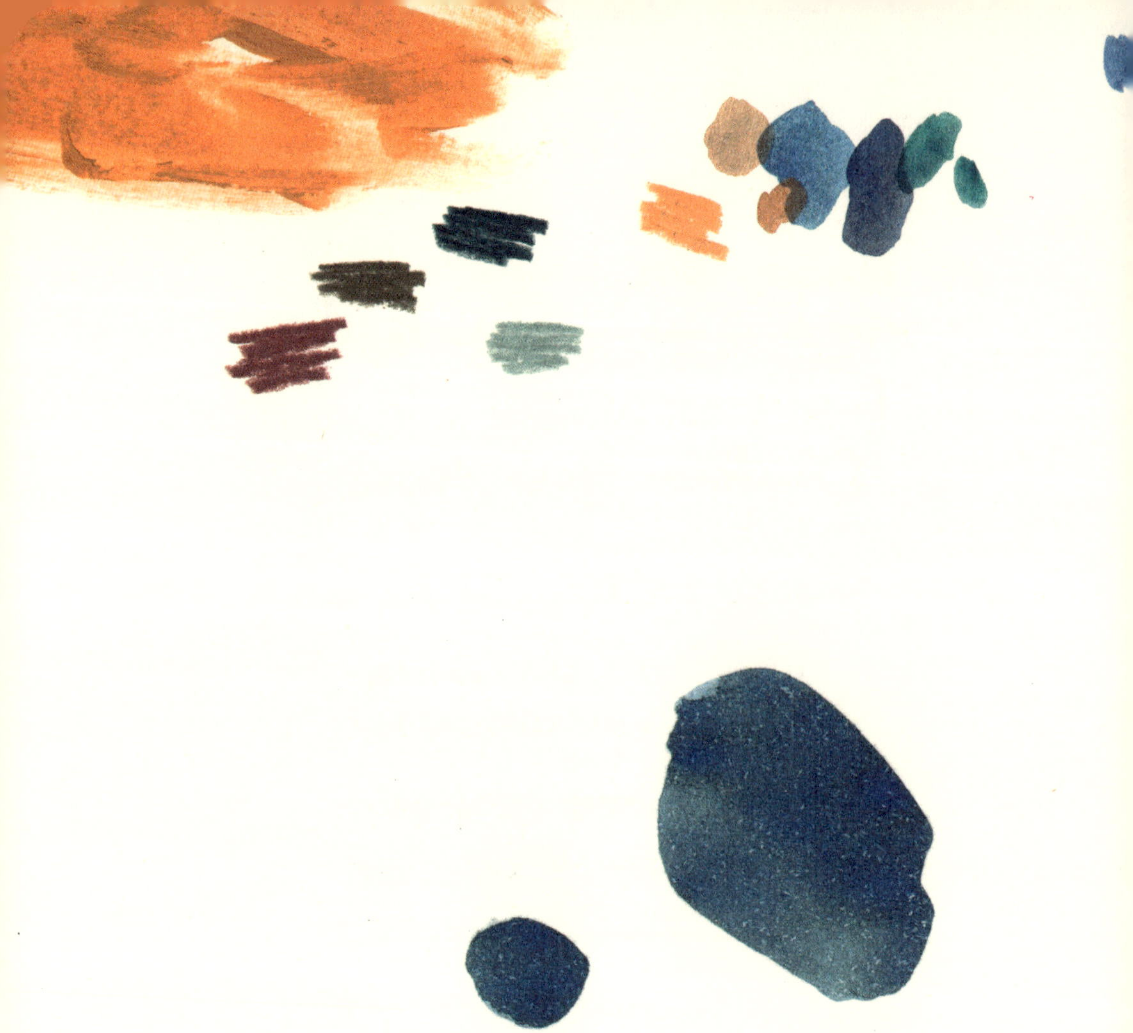

Bacia das Lembranças

Este diário surgiu a bordo do tempo, ao longo dos rios.

Os fragmentos, relatos, verbetes, mapas, receitas e perguntas, entre outros ~~tempo~~ lampejos, foram mariscados em cadernetas e lembranças depois de incursões por estradas aquáticas, em diferentes tempos e rotas, sempre tendo as narrativas vividas pelas crianças das beiras e beiradas como rumo.

CHEIA

1 : JANEIRO
águas grandes

Meu batismo nas águas foi num desmedido Amazonas.
Fiquei léguas de dias a procurar a outra margem do rio.

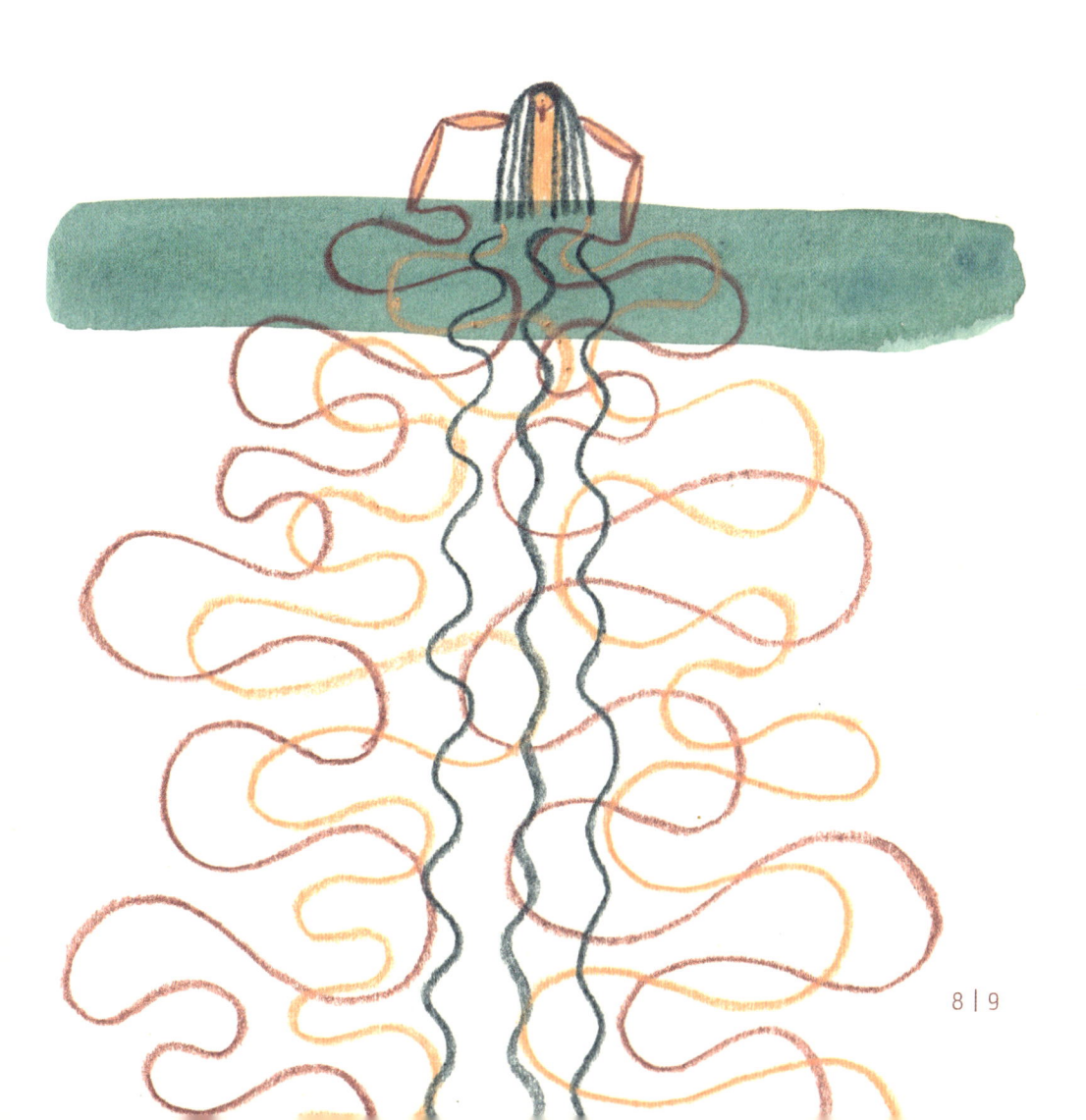

5: JANEIRO
paragem aquática

RIO: morada de peixe, estrada de gente

IGAPÓ: mata sedenta por virar mar

PARANÁ: água abraçando pedaço de terra

FURO: atalho pra chegar rapidinho

Perguntei ao menino no casquinho:
— E como explico o igarapé?
Bem ligeiro, ele respondeu:
Diz que nem sempre dá pé!

ainda tentando definir cada porção d'água

9 : JANEIRO
no acordar da manhã

Ao despertar, recebi um primeiro aviso: as águas mandam e desmandam.
Nas cheias, tempo das águas grandes, o rio acorda sua força.
Tudo se inunda de rio. Até a casa, que vira ilha numa imensidão sem fim.
É quando uns partem pras terras firmes, numa estrada de ondas gigantes.
Outros resistem, à espera do tempo de pisar no chão.

O Povo das águas me ensinou que a vida é sempre recomeço...

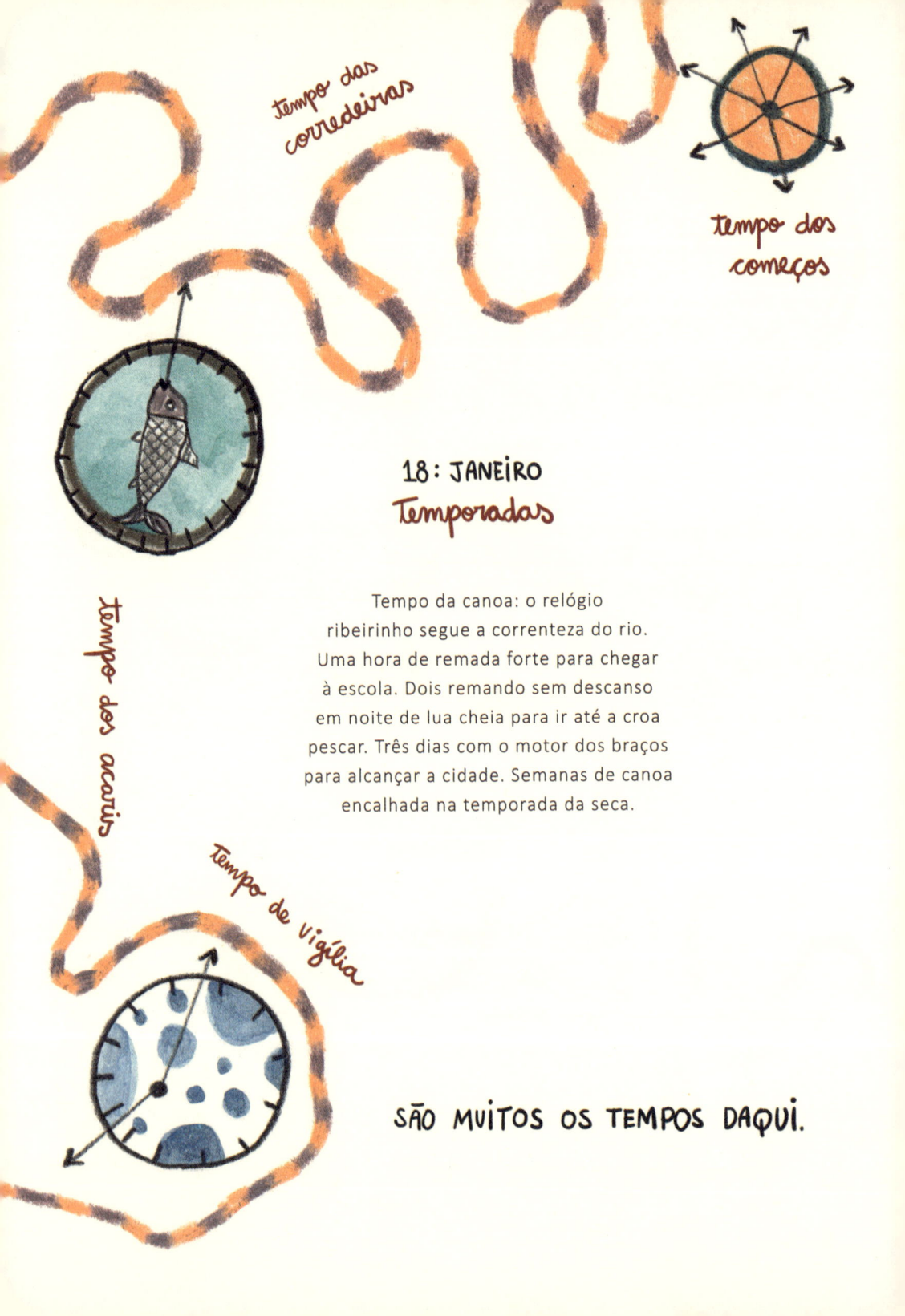

tempo das corredeiras

tempo dos começos

Tempo dos acauãs

18: JANEIRO
Temporadas

Tempo da canoa: o relógio ribeirinho segue a correnteza do rio. Uma hora de remada forte para chegar à escola. Dois remando sem descanso em noite de lua cheia para ir até a croa pescar. Três dias com o motor dos braços para alcançar a cidade. Semanas de canoa encalhada na temporada da seca.

Tempo de vigília

SÃO MUITOS OS TEMPOS DAQUI.

Tempo da mata

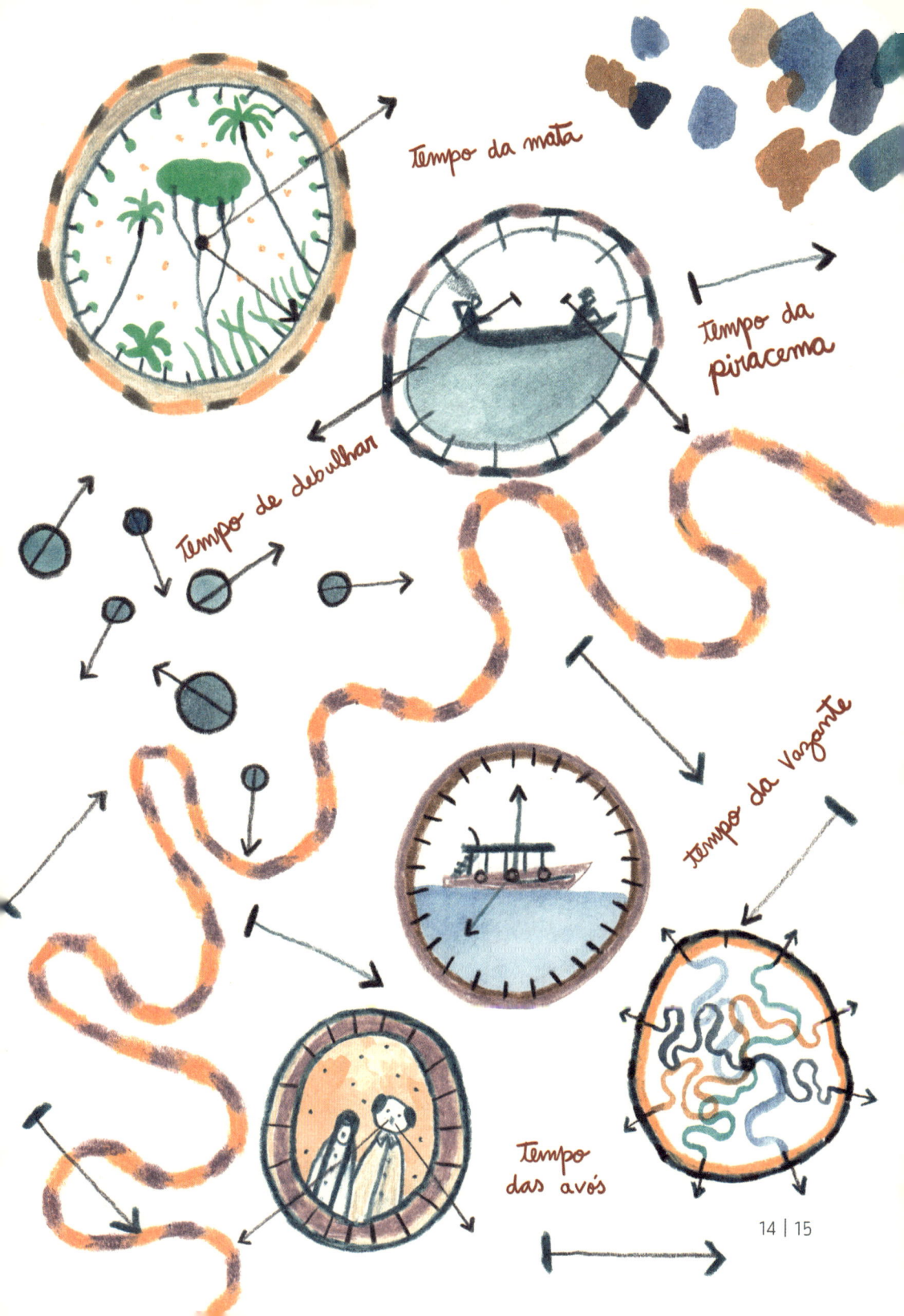

Tempo da piracema

Tempo de debulhar

Tempo da vazante

Tempo das avós

26: JANEIRO
no escuro do dia

Manhã nem raiou,
e tudo se acende de vermelhos.
Nos cascos nas alturas:
malaguetas e malaguetões.

chão de águas, céu de canoas

O terreiro
é domínio
e território
das mães, avós
e pimentas.

2: FEVEREIRO
mingau de espera

A avó carregava em cada mingau de carimã
pela manhã o sabor da espera.
Arruda atrás da orelha, ela dava conselho
como quem rezava baixinho:

*se está quieto o igarapé,
em fera eu tenho fé.*

8: FEVEREIRO
luas mais ao norte

Aportei no Oiapoque,
porção de água onde rio é:

quintal

caminho

sustento

rastro

mãe e pai

casa

divisa de mundos

12: FEVEREIRO
termômetro

Meu calor é tanto...
Tal qual tatu
arrastando o rabo
lento e pesado
longe do alagado.

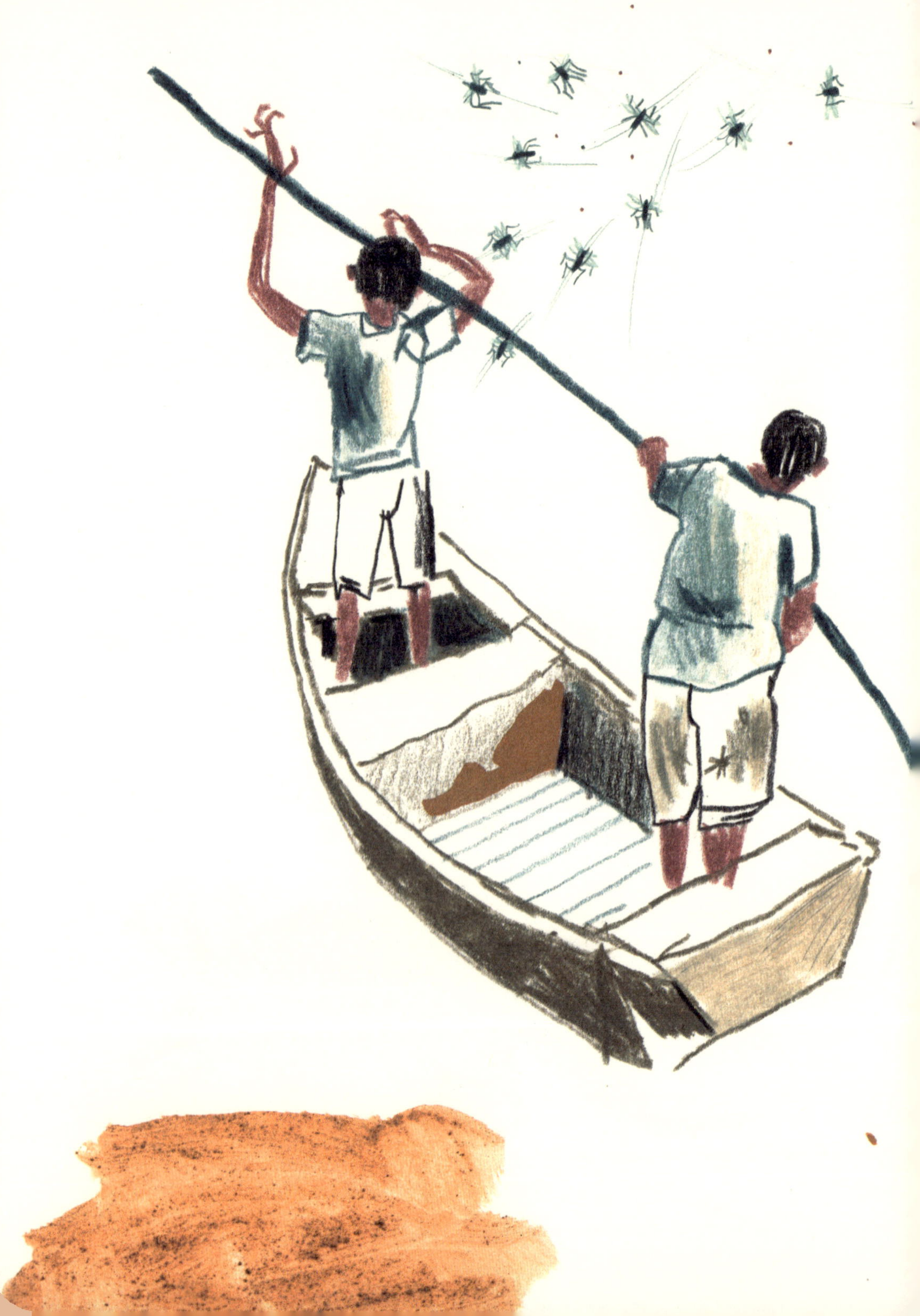

15: FEVEREIRO
alvorecendo peixe

Desde muito cedo, o saber ribeirinho é de peixe.
Na boca, sabor de pirapitinga, piraputanga.

Todo dia sobe o rio feito matrinxã, logo pela manhã.
Vive a descer corredeiras, sem dar pé, tal qual mandubé.

procura na boca do rio o alimento de muitos vazios.

Sabe de cor sobre todos os bichos de couro ou escama.
Já me contaram que tem peixe...
... que dá na enchente,
na correnteza, no remanso
... que mora no fundo do rio,
suas bocas, suas bordas
... que dorme na mata inundada,
num poço profundo,
beirada do longe.

piraputanga

19 : FEVEREIRO
no quando do rio

Na cheia, as águas se espalham por todos os cantos,
entram nas casas, deixam as árvores submersas,
alagam o caminho da escola.
Nem lembrança das veredas e varadouros na mata,
só o melado da lama no que sobrou de caminho.

é quando as galinhas fazem poleiro nas árvores,
é quando jacarés nadam de dia no terreiro,
é quando dá para pescar pela janela,
é quando canoa vira pé de gente.

23: FEVEREIRO
crônica das águas

No rio Madeira
descobri a grande paixão
dos carapanãs
pelas águas barrentas,
encharcadas de rastros.

Até dormir
mar
o rio
acorda
em seu leito
vestígios de
galhos,
troncos,
pedras e
montanha.

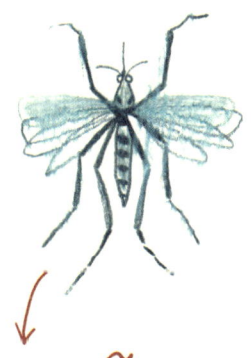

carapanã

3: MARÇO
Temporais

Hoje, as chuvas anunciam a subida das águas
a escalar ribanceiras.
É quando as margens espreitam vizinhanças,
o rio namora a mata.
No espalhar das águas,
um labirinto de igapós, lagoas e alagados.

É então hora de subir o assoalho das casas,
suspender hortas,
guardar farinha em tonéis,
construir marombas,
refugiar os dias e os animais.

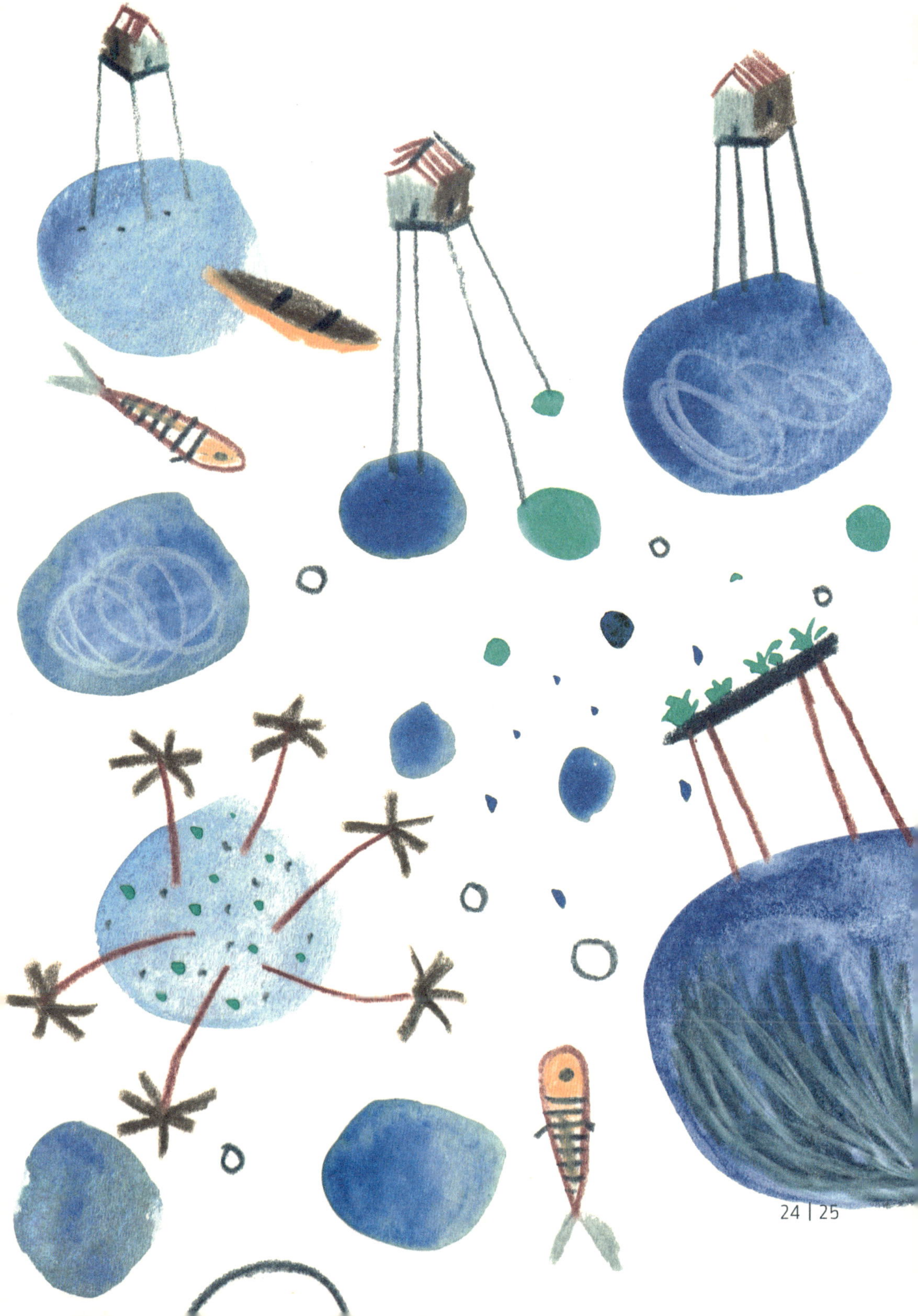

10 : MARÇO
entardecer de perguntas

Quando espiam as águas da janela,
os irmãos ficam por dentro rebujando perguntas:

é no solo úmido da mata que mora o silêncio?

qual o som da piracema?

o que contam as vísceras da fome dos peixes?

O correr do rio é uma forma de resposta.

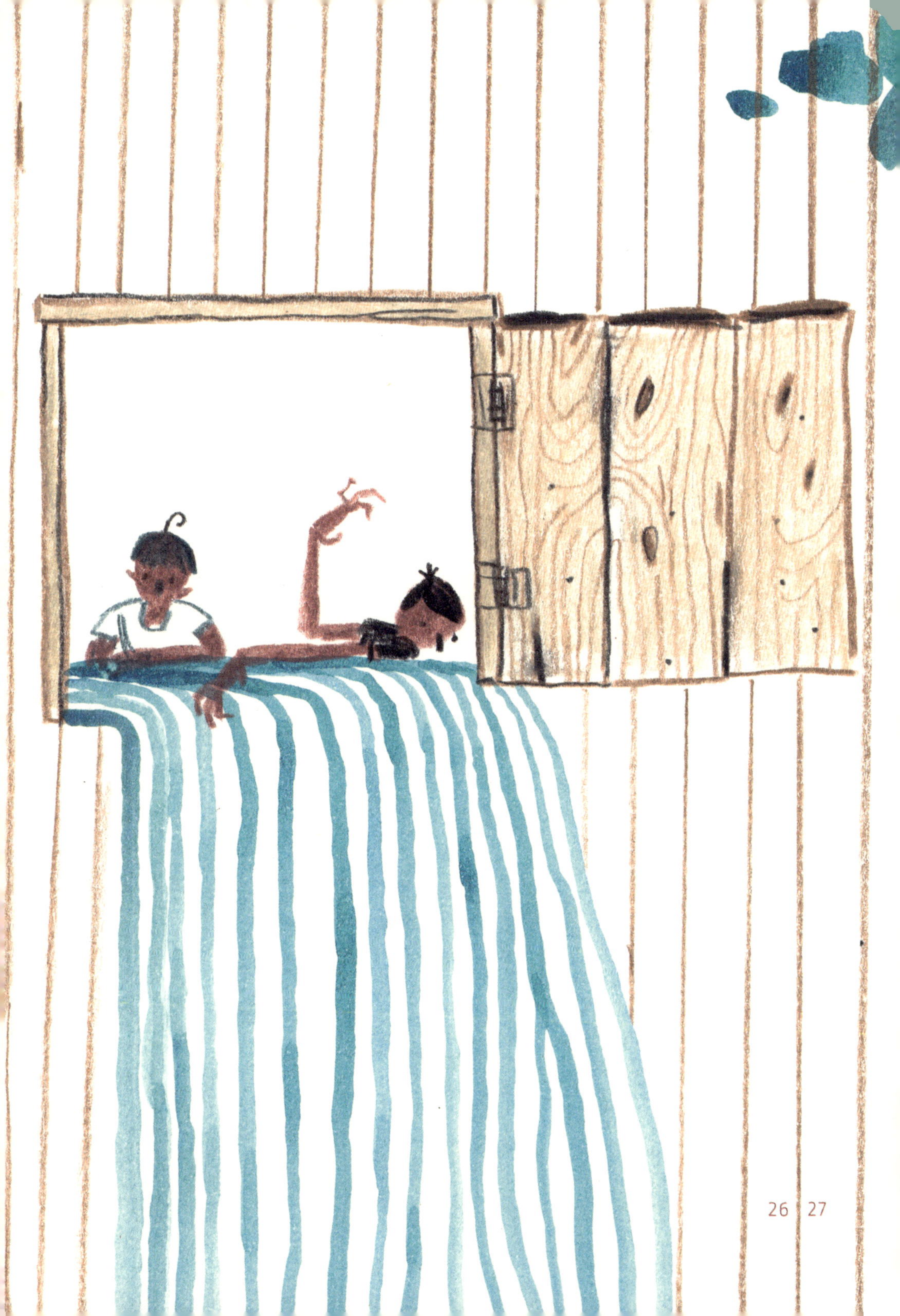

Nas águas,
o brinquedo
é puro
enredo.
O ribeirinho
tira a planta do aningal,
usa restos de isopor,
pega tábuas no quintal.

Faz jangada.
Faz casco.
Faz catraia,
para passageiro imaginário
embarcar.

Quando crescer,
vai virar comandante ou capitão,
dono da sua própria embarcação.
Seguirá a inventar nas águas
canoas, rabetas, gaiolas, vapores.

Na imensidão do rio,
se perto, se longe,
todo barco
é um frágil
brinquedo.

18: MARÇO
almanaque do brinquedo

22: MARÇO
escola do tucuxi

Ravel olha o horizonte de água pela janela e suspira demorado. Tem olhos compridos para a área nos fundos da escola: o campinho de futebol, agora um alagado. Já era finzinho do inverno, o tempo das chuvas e das cheias.

Ele salta rapidamente da rede e cai maneirinho na maromba, já ajeitando a bermuda frouxa, herdada do irmão mais velho. Sua casa de palafitas balança sobre as águas, balanço de canoa em alto-mar.

O menino criado no mingau de carimã apanha um punhado de farinha do pote cuidadosamente guardado no jirau da casa, onde tudo que se tem habita as alturas, longe das águas. Enfia um bocado na boca, de uma só vez. Café preto completa o desjejum. E, enquanto os pais e os irmãos menores ainda dormem, pula na canoa e segue remando em seu casquinho.

rio, terreiro e casa: tudo um só mar de águas.

O menino mora na avenida Amazonas, uma das mais largas e compridas estradas de água, numa pequena casinha de madeira pintada de azul, perto da escola e da capela, onde o vigário só aparece uma vez por mês para missas e casamentos. Há tempos não tinha um casório por lá.

No acordar do dia, vê no terreiro os vermelhinhos das pimentas da mãe plantadas no casco abandonado do Dito, um sujeito encaiporado da vida. Pés de malaguetas e malaguetões, pimentas com ou sem cheiro, de muitas serventias. Banho com suas folhas tiram panema, defumação espanta mal de boto. A mãe sempre dizia que uns pezinhos plantados no terreiro são santo remédio contra quebrante e mau-olhado.

Ele acelera o remar. E desliza com seu casquinho rumo à casa do tio Paca, que a uma hora dessas já está acordado consertando a malhadeira. É dia de pescaria. Tio Paca, pescador dos bons, convida o menino para pegar acaris para uma piracaia. As férias estão acabando.

— Bora subir o rio, Ravel, convoca o tio.

Ilha de São Miguel, ilha de Aracampina, ilha de Santa Maria, ilha de Pixuna. Já perto da ilha do Ituqui, num canto de rio, param para pescar acari. Armam a malhadeira e se ajeitam como podem, entre a espera e o silêncio.

— Tio Paca, acho que tem boto por aqui, sussurra Ravel.
— Bicho gaiateiro, anda aprontando nos portos também. Vi noite dessas um moço todo de branco nas beiradas da ilha do Despejo. Santino viu também, mandou até suas filhas-moças se banharem com a folha da pimenta-malagueta para espantar esse bicho das funduras.
— E foi mesmo, tio Paca. Santino apareceu lá no terreiro de casa pedindo pra mãe arrumar as folhas da malagueta para defumar as filhas. Mãe ficou danada, ele não deixou uma folhinha só no canteiro —, o menino ri.

Ele puxa a malhadeira. Só três acaris. Hora de subir o rio.

Ravel vai remando na frente.
Pouca conversa, muita remada.

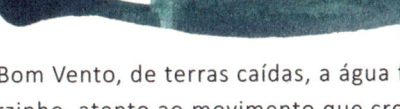

No caminho, já perto da ilha do Bom Vento, de terras caídas, a água faz redemoinho. Ravel rema devagarzinho, atento ao movimento que cresce em seu entorno. A canoa balança e ele tenta manter equilíbrio com o corpo de menino criado no embalo de muitas embarcações. Mas o casco vira, derrubando Ravel, sugado para as funduras.

Tio Paca, remando mais atrás, vê a canoa do sobrinho emborcada. Nem sinal do menino. Era, sim, coisa de boto, bicho do fundo, que vira as canoas e rouba os peixes das malhadeiras. Ajeita seu remo no canto, já pronto pra mergulhar, quando o menino emerge como um rojão saindo das águas.

— Tio Paca, tio Paca! — grita Ravel, depois de recobrar o ar.
— Era o rosa. Bicho mais cheio de gaiatice — diz o tio, enquanto puxa o menino para dentro de sua canoa.
— Mas foi o tucuxi que me salvou, tio. Eu senti meu corpo ser sugado para o fundo do rio, não tinha força pra lutar. Um tucuxi, então, me empurrou pra superfície — diz e sorri, aliviado.

Os dois encostam na beira. A fome aperta. Era hora da piracaia, assar os acaris que pescaram no dia. Poucos, vá lá. Os dois se acomodam numa faixa estreita de praia. Só cresce no peito o desejo de a água baixar, a lama secar, um chão firme para de novo tocar os pés descalços.

mapa do Ravel

casa
casquinho
avenida amazonas
capela
escola
campinho alagado
ilha do bom vento
acaris
ilha de são miguel

29: MARÇO
estações

O menino
mariscava na beira
o almoço e certa
demora
da água vazar.

O menino
vivia o tempo das águas
e o tempo do chão
como se a infância fosse
só duas estações.

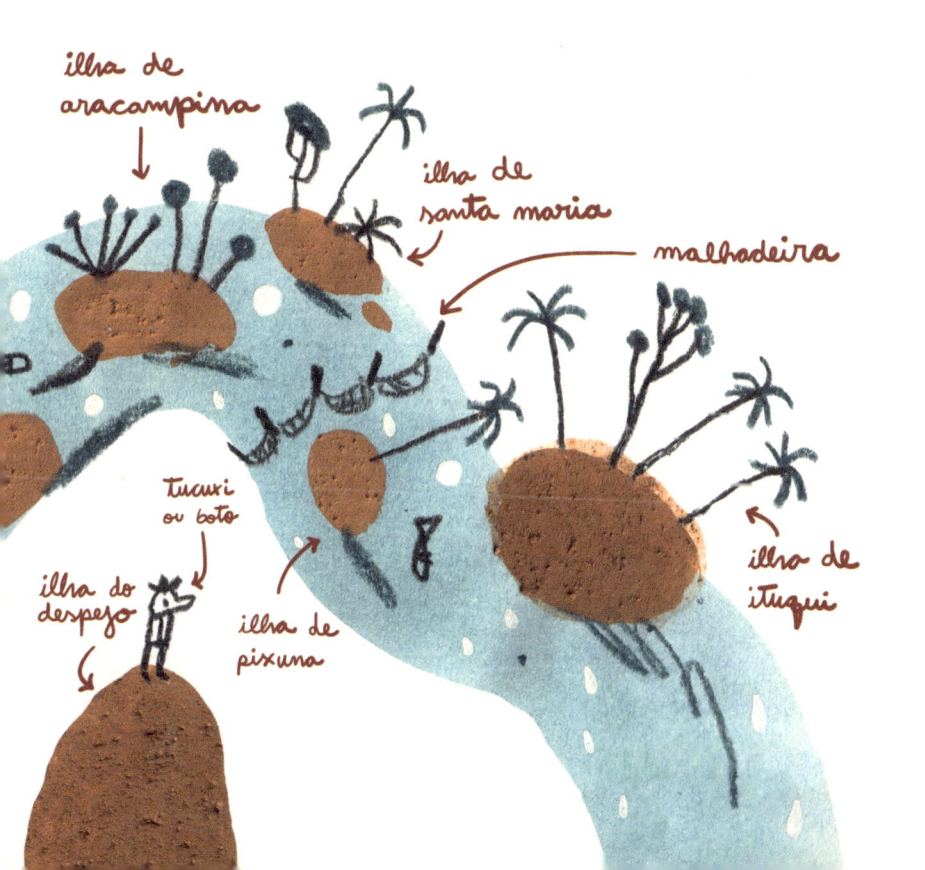

ilha de aracampina

ilha de santa maria

malhadeira

Tucuxi ou boto

ilha do despejo

ilha de pixuna

ilha de ituqui

31: MARÇO
pororoca

Se o rio é
calmaria,
quando as aves calam
a cor no bater das asas,
não se ouve o som dos remos
e até o vento
prende a respiração no azul,
o aviso é de
pororoca.
Do quando o mar
invade o rio
em fúria.

Ribeirinho sabe do rio
pelo burburinho do silêncio.

1 : ABRIL
aluvião

Com a inundação,
a imaginação
transborda
criaturas habitadas
de funduras.

14: ABRIL
(no) Turno

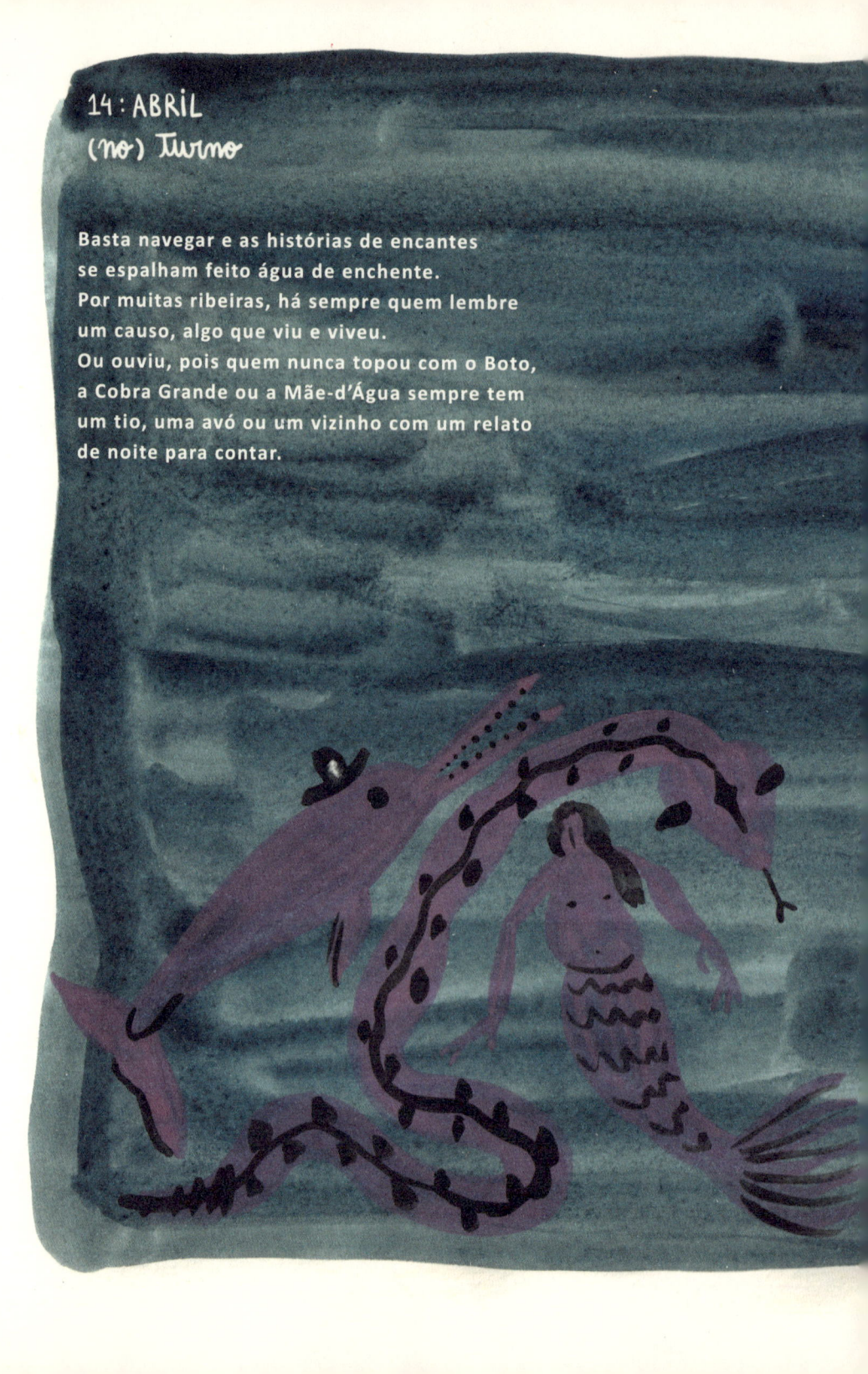

Basta navegar e as histórias de encantes
se espalham feito água de enchente.
Por muitas ribeiras, há sempre quem lembre
um causo, algo que viu e viveu.
Ou ouviu, pois quem nunca topou com o Boto,
a Cobra Grande ou a Mãe-d'Água sempre tem
um tio, uma avó ou um vizinho com um relato
de noite para contar.

22 : ABRIL
era dos bichos do fundo

O mundo submerso imita o mundo da terra.
Tudo o que resiste no seco reside no molhado.
O que existe persiste por pura precisão de ser.

No Pantanal,
corre a notícia
de toda uma boiada,
boiadeiros e aboios
na morada das águas.

Em outras paradas,
Velho Chico
é reino inundado
de muitos encantados:
galo, cachorro, vapor.

é um encanto que já vem

desde o começo do mundo.

Ouvi murmurarem.
Não sei se pescador,
talvez algum encantado.
A bicharada
daquelas lonjuras
sobe o rio,
acorda na boca,
assunta na croa.

23: ABRIL
aguadouro de palavras

O rio é guardião
da palavra
peixe,
que salta
e escorrega
parda
se sarapó.

O rio é guardião
da palavra
boiúna,
grávida
de suas águas
represadas
na noite de Abaetetuba.

sarapó

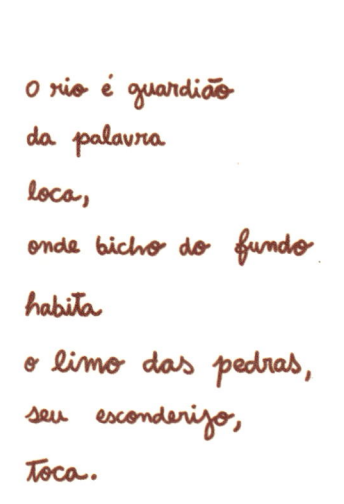

O rio é guardião
da palavra
loca,
onde bicho do fundo
habita
o limo das pedras,
seu esconderijo,
Toca.

O rio é guardião
da palavra
certeza,
corre molhada,
vira banzeiro,
dorme encalhada.

28: ABRIL
dois verbetes só

Solidão

um galho de árvore ou arbusto que desponta na extensão das águas, nas cheias, quase a pedir socorro.

Saudade

o cacarejar esquecido de ciscar o
chão submerso, no tempo em que
as galinhas improvisam os dias num
poleiro no topo de uma árvore.
Água grande.

2: MAIO
em noite de piracaia

O sabor de peixe
se mistura
ao saber de boto,
a rebujar memórias.
Bicho de mundiar
gentes e histórias.

Depois, no balanço da rede
armada no barco perto da praia ancorado,
os causos narrados na noite de piracaia se
confundem com o vento cheio de cafuné.
Ou seria ali o boto encantado, malino, a
rondar pensamentos e outros alentos?

"O boto não dorme no fundo do rio."

10: MAIO
se o boto rondar

Receita que ganhei de uma moça casada, malinada certa vez pelo boto:

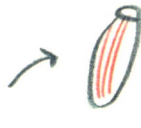

pegue uma cabeça de alho e quebre-a ao meio

passe em cruz na testa, nas mãos e nos pés

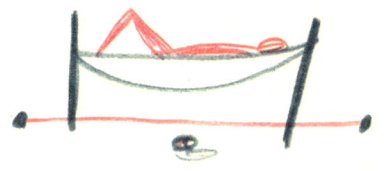

o resto do alho coloque debaixo da rede

às 6 horas da tarde mande alguém fazer fumaça bem atrás da casa

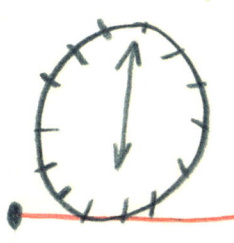

coloque:
- malagueta
- vira-saia
- casca de paritá
- casca de alho

O boto, mana, vai se afastar!

17: MAIO
cronologia submersa

Todos aqui dormem,
ainda não amanheceu.
A casa deste pernoite
é uma canoa inundada
neste mar de escuros.

25 : MAIO
cedo a sede no rio

o vai

o vem

das águas

o rio molha

PALAVRAS

em minhas margens

o poema escorre da página

28 : MAIO

quando as águas sobem, as crianças das beiradas

Brincam nas águas grandes dando mortal,
remam durante a cheia no próprio quintal.

Fazem dos galhos de qualquer beirada trampolim,
apostam corrida de canoa num vai-e-vem sem fim.

Flecham o rio pulando de bando do pedral,
constroem jangada depois de tirar planta do aningal.

30 : MAIO
época de pira-esconde

pam pam curumim já já
espera aí que volto já!

Assim falavam ontem as crianças na boca do rio.

3 : JUNHO
nota de igarapé

Na vazante,
o silêncio é de ouvir susto de peixe
se enroscando no malho.

7 : JUNHO
epopeias

A manhã
era a jornada
de uma menina,
sozinha
em seu intrépido casquinho
cruzando o riomar.
A cena mais épica da infância.

12: JUNHO
Tão logo a chuva partir

Sentada no assoalho da casa,
ao som de uma insistente orquestra de piuns,
fico esperando a chuva cruzar
sem pressa
o igapó.
É, então, chegada a
hora de partir.

SECA

5 : JULHO
estação de estiagem

Os bichos
as árvores
os frutos
a luz
as águas
as flores
e as estrelas
anunciam pelas beiradas
a mudança de estação.

Entre os muitos mensageiros,
o sapo-canoeiro é o primeiro
a coaxar o tempo da seca.

No quando do
rio raso,
céu azul
terreiro enxuto
balaio de peixe
tapiri na praia
ovo de tracajá
brisa fresca
e friagem de noitinha.

O desabrochar da flor da mutamba
indica que é hora de botar roçado.

*a vida se faz em festa,
em fartura, em colheita.*

11 : JULHO
lunário

*medimos o tempo em dias e noites,
horas e minutos, semanas e anos.*

Aqui, se pergunto quando algo aconteceu à menina da beira do igarapé, a resposta pode ser tão precisa quanto:

foi há uma ruma de dias...

A hora do relógio de um aprendiz-pescador no retorno da pescaria indica: Passam treze das sete.

hora de limpar o curimatá.

Para saber a data da partida, o menino pergunta:

daqui a quantas luas?

Um tempo remoto, distante, pode ser aquele em que a mãe estava de resguardo da caçula de sete.

O calendário da parede nunca tem a mesma precisão.

o tempo dos povos das águas é da largueza do rio.

S
T
Q
Q
S
S
D
1 2 3 4 5 6 7
8 9 10 11 12 13 14
15 16 17 18 19 20 21
22 23 24 25 26 27 28
29 30 31

30: JULHO
na boca do rio

Nós temos dentes.
O rio, muitos peixes.

Quantas palavras
correm
na boca de um rio?

jurupensém

apapá, dourado, piroaca, jiju, jundiá, jundiaçu, jitubarana, traíra, sardinha, mandim, mocinha, pacu, tambaqui, jaraqui, cará, mapará, piaba, surubim, poraquê, jacundá, pacamã, tucunaré, piapara, pacamão, pirarucu, aruanã, barrigudinho, pintado, piau, bicuda, jurupoca, trairão, piraíba, jacunda, mussum, piabanha, corvina, abotoado, barbado, capapari, tilápia, cachara, paivuçu, piranha, saicanga, tabarana, jatuarana, pacu-caranha, bagre, apinhari, piaba-dedo-de-moça, peixe-cobra, cambeva, tuvira, piramboia, pirarara

1 : AGOSTO
dia de pescaria

Os peixes
perplexos
das águas escuras
de nomes compostos
respiração aérea
os sazonais
com corpo roliço
encouraçados
olhos elétricos
e hábitos lunares
são mais sonoros
quando
ameaçados
com sal, pimenta e limão.

cambua

5: AGOSTO
ciclo

todo toquinho vira um barquinho.

8:AGOSTO
Velho Chico

Aportei no Chico, o Velho São Francisco,
vaidoso de seu espelho reluzente feito as bacias areadas
das meninas e moças correndo tormentas e afazeres
nas suas beiradas.

13 : AGOSTO
no tempo do vapor

Ainda hoje ecoa na memória do vaporzeiro, Velho Chico, homem de olhar a perder de vista o horizonte naquele finzinho de tarde à beira-rio. Mas a paisagem não muda. Ninguém chega, ninguém parte.

um apito longo inundou o rio.

Chico menino foi criado nas cheias e vazantes do rio, entre o subir e o descer das barcas que levavam gentes, mercadorias e notícias. Franzino, nasceu na estiagem e cresceu no susto. Aprendeu a logo cedo pedir a benção ao São Francisco, pai de todos. Ao se banhar no rio, ainda meninozinho, sentia que a água não escorria por braços e pernas, não. O líquido subia pelo corpo todo, tal qual sangue navegando as veias.

sua história as águas me contaram.

Velho Chico coleciona anos e anos e muitas e muitas histórias. Não é de contar potoca. Tem história para fazer menino dormir, tem história pra menino não chorar. Tem história pra acordar o rio, tem história pro dia raiar, tem história pra aquecer noite uivante.

no dizer do povo, é barranqueiro de nascença e de coração.

Foi ainda menino que topou pela primeira vez com o Caboclo-d'Água, um encantado que vira canoas, ergue ondas e afugenta os peixes.

conta histórias como quem diz profecias:
— É uma criatura baixinha e enfezada,
cabeça redondinha, redondinha.
O caboclo do rio. Eu bem vi perto do porto.
Não tinha nenhum fiozinho na careca.

— Quer tomar pauta com o Cumpadre? Jogue na água um pedaço de fumo. O danado agradece bamburrando a rede de curimatã, piau e surubim! — emenda, sem nem respirar, Velho Chico, sabedor de que a água é morada do desconhecido.

Rapaz crescido, passou a levar a vida na correnteza. Virou vaporzeiro. Chico vaporzeiro, comandante respeitado em todo porto por onde passava.

Certas vezes aportava em alguma beirada. Desembarcava para ver os homens das mãos ágeis nos tambores e as mulheres de palmas a estralar em dias de festa.

Mas logo o som da embarcação chamava. Voltava a navegar. E quando o vapor apitava, a cidade parava. Toda criança corria pra beira-rio. — Será o vapor? — perguntavam. Afoitas, algumas gritavam: — Apita de novo! Apita de novo!

É que cada vapor tinha seu próprio apito – mais comprido, mais encorpado, mais aveludado, mais áspero.

Vapor canta.
Vapor chora.

Na escuridão da noite, de medo devorador, tudo se assombra. Até o reflexo no rio se recolhe com pavor do que espia no breu.

— É quando o rio dorme, olhos espremidos a não enxergar fresta, e tudo quanto é criatura acorda… — fala manso feito chuva fininha o Chico, velho comandante.

Foi numa dessas noites que o Caboclo-d'Água mostrou a força da encantaria. O vapor seguia seu destino, já perto do Arraial do Meio, quando uma fúria das funduras fez a embarcação parar. Não rumava pra frente. Nem arredava pra trás. O comandante, liderando um grupo de homens valentes, desceu para ver o que segurava o vapor, se pedra ou algum encalhe. Que nada.

— Meus camaradas e eu sentimos algo dando uns pulos altos na água. O Doca ainda perguntou: É capivara, moço? — lembra, alargando o sorriso.

Feito do Caboclo-d'Água, que, assim que se cansou de pregar a peça, soltou a embarcação. Era seu aviso: — O comandante aqui sou eu.

Velho Chico termina de contar a história e volta a navegar o olhar nas bordas do São Francisco. Então fecha os olhos, duas pequenas saudades. E silenciosamente sorri, enquanto o corpo se inunda daquele assobio macio. Transborda por dentro. Na paisagem ensurdecedora, nada a mover o rio.

só o vapor a chorar um acalanto
na beirada do coração.

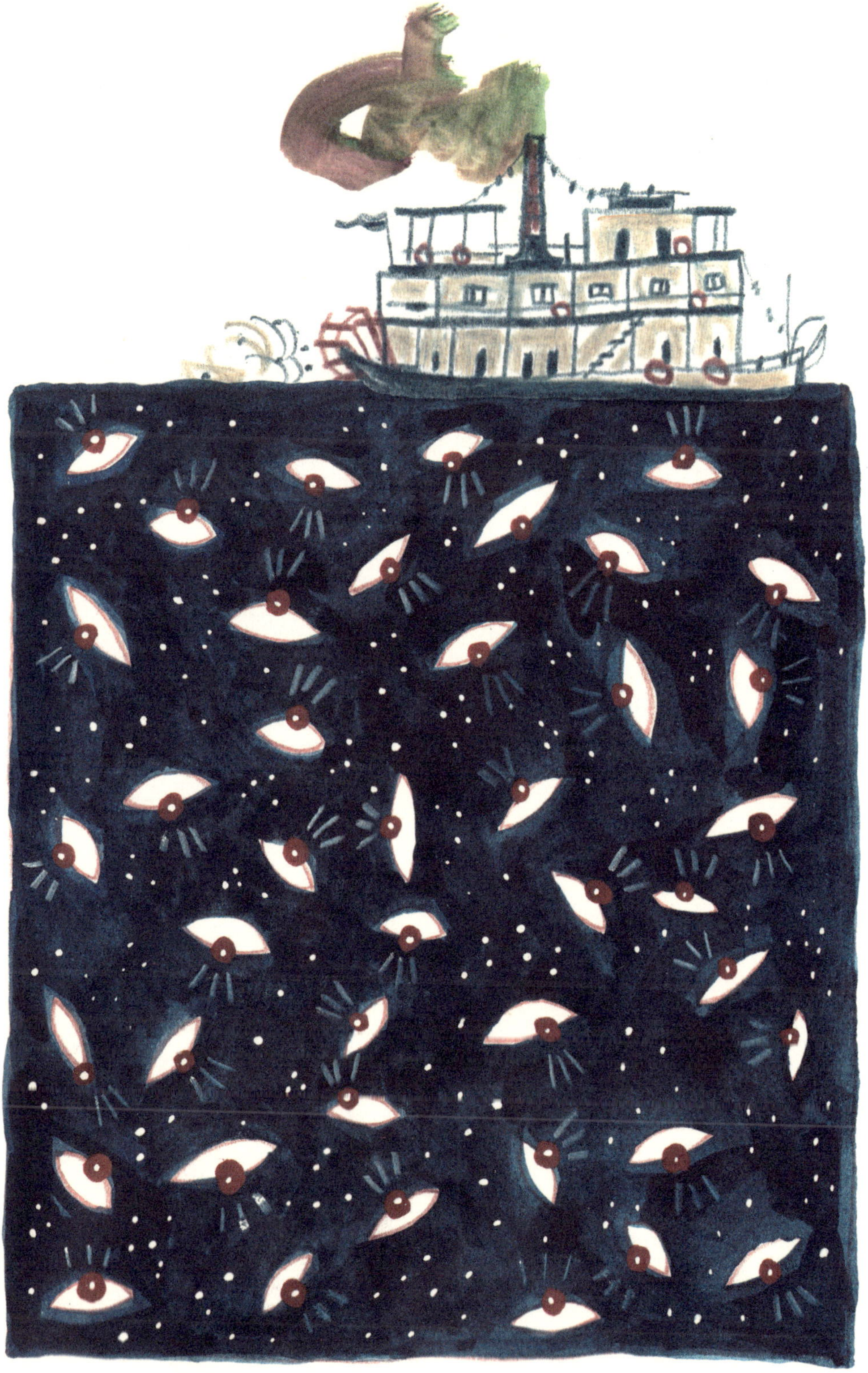

19 : AGOSTO

pequeno glossário de
peixes mariscados nos desenhos
de uma agenda escolar:

PIRARUCU

na Amazônia é um gigante,
vive em muitos rios,
já foi mais abundante.

ACARI

peixe cascudo
de forte couraça;
no prato, não sobra
nem a carcaça.

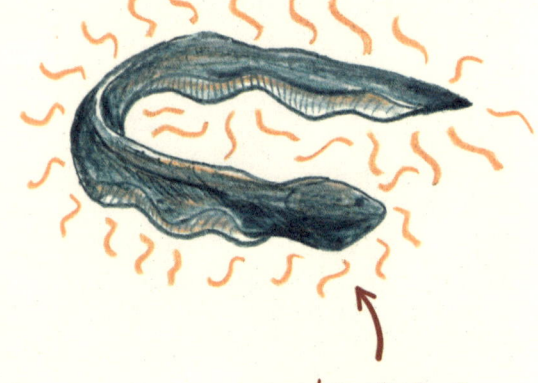

ARUANÃ

para saltar,
é um verdadeiro ás!
é que o boto, veja só,
vem logo ali atrás.

ELECTROPHORUS ELECTRICUS

o poraquê,
um danado,
dá choque
que o quê!

quando a piaba
ensina a nadar
o rio do menino
cresce além-mar

CACHORRA

tem dentes arreganhados;
peixe-vampiro, apavora nos alagados.

ARRAIA

tem ferrão que provoca dor
bicho achatado, tem seu sabor.

CURIMATÁ

peixe que odeia águas calmas é curimatá,
vive bem na correnteza, pra lá e pra cá.

MANDINS

de tudo comem um pouco,
piaba, minhoca, semente e até coco.

nos poços fundos, vivem os jaús,
bichos maiores do que os tatus.

JAÚS

20: AGOSTO
parada de caboclo

Caboclo-d'Água

nego d'água

compadre d'água

moleque d'água

São nomes do mesmo encantado, pescados nos rios do caminho.
As crianças dos remansos cantam versos para dar notícias dele enquanto jogam capoeira e tocam berimbau.

*ei, camará, não mexa com nego d'água,
ei, camará, não mexa com nego d'água.*

Há relatos diversos de como é o Caboclo-d'Água. Dizem que é metade peixe, metade gente. Mora nas locas, áreas fundas dos rios, mas é geralmente visto na superfície, na beira. Deve ser presenteado com pedaços de fumo e, quando contrariado, pode carregar a pessoa para a sua morada.

21: AGOSTO
batizado de batuque

Debaixo do umbuzeiro, a tardinha convida a ficar.
Os velhos trazem as caixas, não esquecem o bumbo.
Um rapaz carrega a viola, afeita a fitas coloridas.
As crianças agitam o chocalim; as moças, as saias rodadas.

Ao som dos tambores de tremer chão.
Entre giros, nas batidas dos pés e na palma das mãos.
Entram aos pares, moço e velha, menina e avô.
Juntos, os corpos remam.

No Velho Chico, foi dia de segundo batismo.
Agora, no batuque, no giro, na roda.

dança, dança, moça de longe.
moça de longe não sabe dançar...

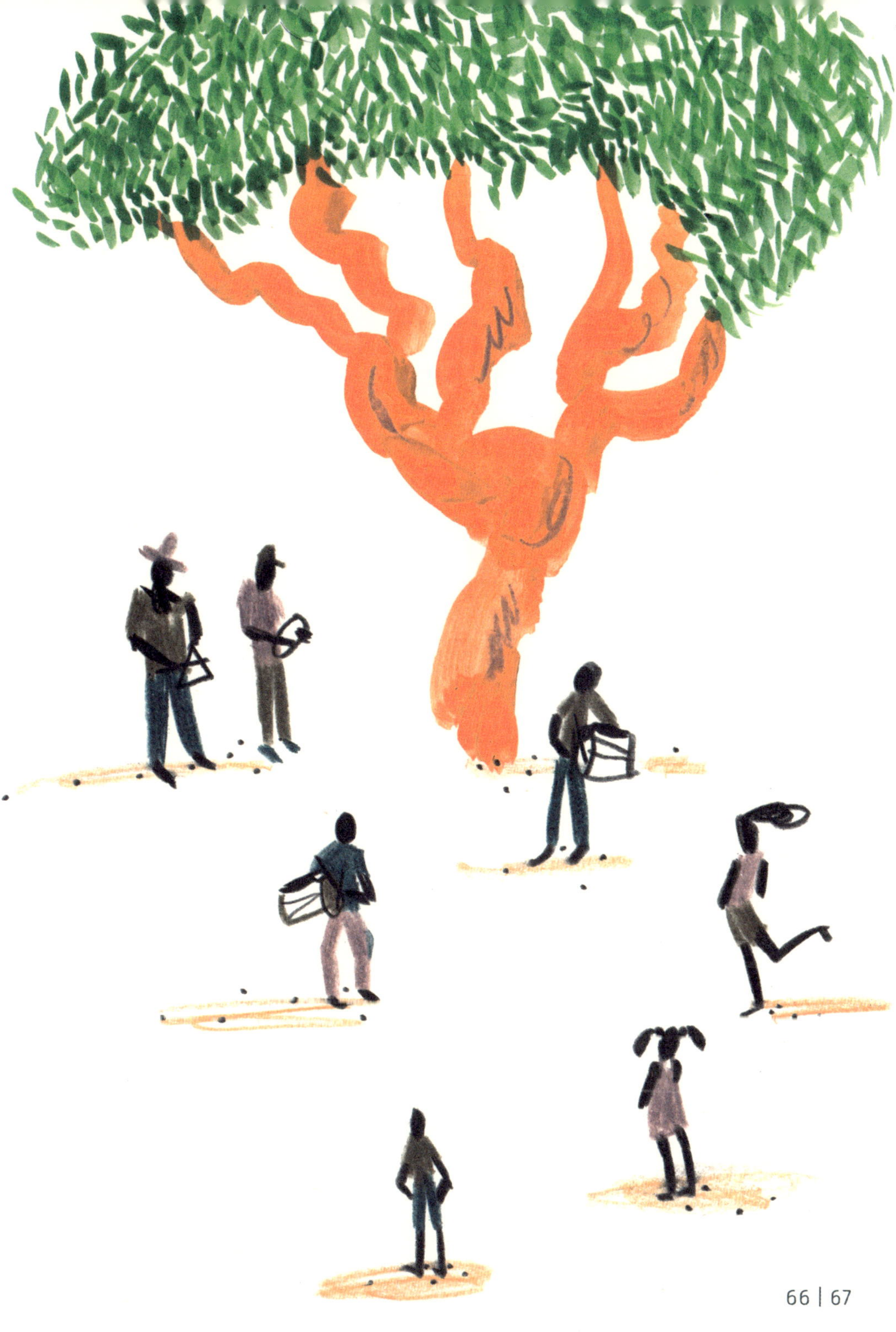

25: AGOSTO
altura da navegação

Quem não vive nas beiradas dos rios chama de barco, embarcação.
As crianças das águas dão muitos nomes aos meios de navegação.
Pelas margens ou corredeiras, pilotam canoas, rabetas e casquinhos.
Atravessam furos, vencem marés com uma frota batizada de Titanik,
Trovão Azul ou Andorinha, companheiros de uma longa jornada ribeirinha.

Se é frágil o barquinho, é chamado pelo ribeirinho de casquinho.
Para deslizar nas águas remando numa boa, a embarcação é a canoa.

No batelão, veem a paisagem passar len.ta.mente, tal qual Televisão.

Também quem viaja de recreio contempla o rio inteiro.
Se for de voadeira, chega rápido que é uma doideira.
O popopó, sempre barulhento, trepida no igapó.
Numa rabeta, a viagem não é igual pegar carona num cometa.
Quando apita o vapor, todos param na beirada, é partida ou é chegada.

3 : SETEMBRO
todos os nomes na folhinha

Anotei numa folhinha de anos atrás alguns nomes de batismo pintados nas laterais dos barquinhos, muitos deles casquinhos.

São cheios de majestade:

Imperador das águas, comandante, almirante III dos mares do sul.

Muitos, bem pequeninos:

caçula, catatau, golfinha, guri.

Alguns carecem de muita sorte, são batizados de:

trevo do norte.

Todos são ágeis:

trovejada, rajada dos ventos, cometa do sul.

E comandam muitos corações:

princesa das águas, santa maria, minerva, donzela, diana ou dulcineia.

6 : SETEMBRO
à espera

um barquinho só, na margem,
sonha sua própria tripulação.

9: SETEMBRO
estância Mãe-d'Água

Palavra é encanto de rio. Sabem bem as crianças do Velho Chico.
Nem tudo é permitido falar nas águas. Nem mesmo perguntar:
— É aqui que mora a Mãe-d'Água? Era conversa de fim de tarde.
A resposta veio como um aviso, um sussurro ou uma bronca:
— Não pode falar dela quando se está banhando no rio, não, moça.
Dizem que vem pegar — gritaram se afastando da beirada.

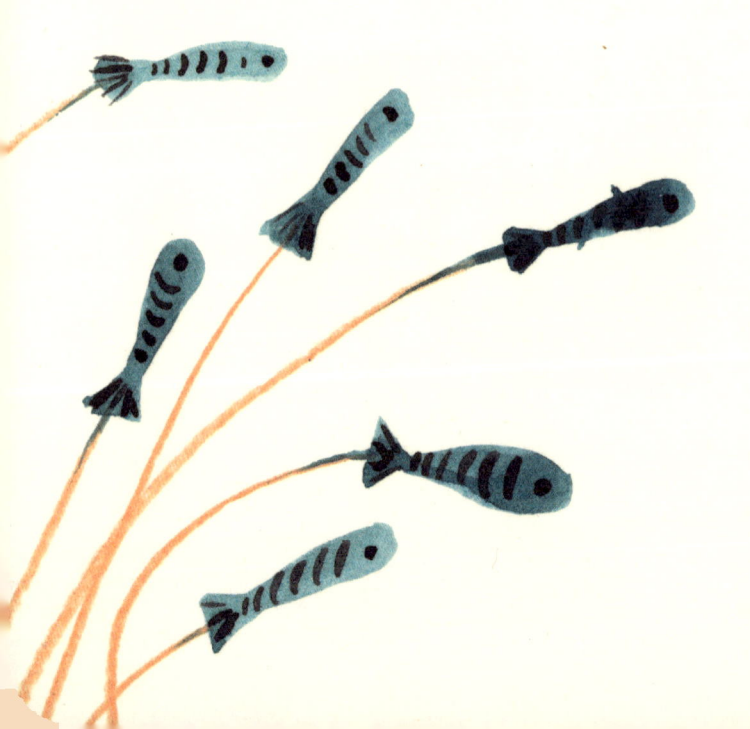

12: SETEMBRO
hora da pesca

Nos apetrechos do pescador estão

as tarrafas, as redes, o espinhel,
o caniço, a zagaia, o munzuá,

arreios de sonoridades para a língua contornar
e as mãos remendando a paciência
debaixo da sombra da tardinha.

↳ munzuá

coco de dendê

O MENINO PESCADOR EXPLICA:
é um jeito de pescar, num cesto de cipó,
onde se coloca o coco de dendê ou outras
iscas; ali o peixe entra na sangra e
e sai direto para a panela.

1: OUTUBRO
classificados

na beira do paraná,
o mundo
é
classificado
entre
os bichos de cabelo
os de pena
os de casco
de pele
os peixes
as feras e
os xerimbabos.

8: OUTUBRO
tempo da fruta

Ontem, na boca das crianças,
ouvi a expressão "inchada" rondando uma fruta.
Entendi que é quando a manga não
está verde demais nem madura de menos.

15 : OUTUBRO
Tarde de pescaria

Mariscar é afugentar muitos
pensamentos por dentro
enquanto os peixes beliscam
por fora a isca, o sustento.

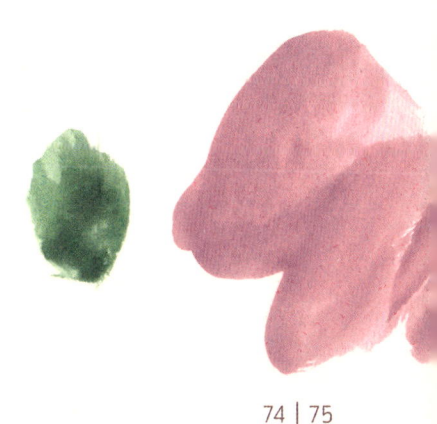

24: OUTUBRO
das sonoridades de um rio

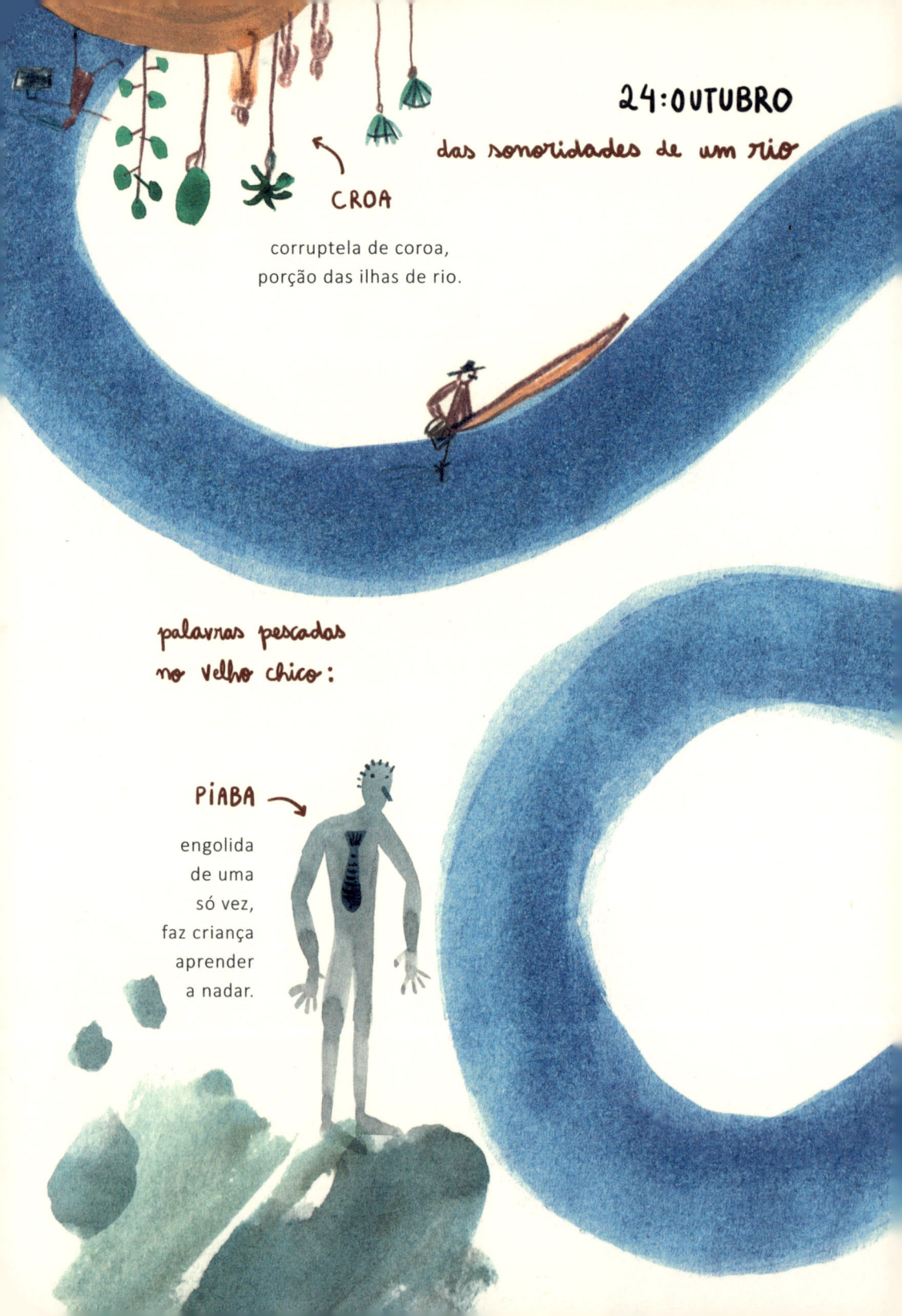

CROA
corruptela de coroa, porção das ilhas de rio.

palavras pescadas no velho chico:

PIABA
engolida de uma só vez, faz criança aprender a nadar.

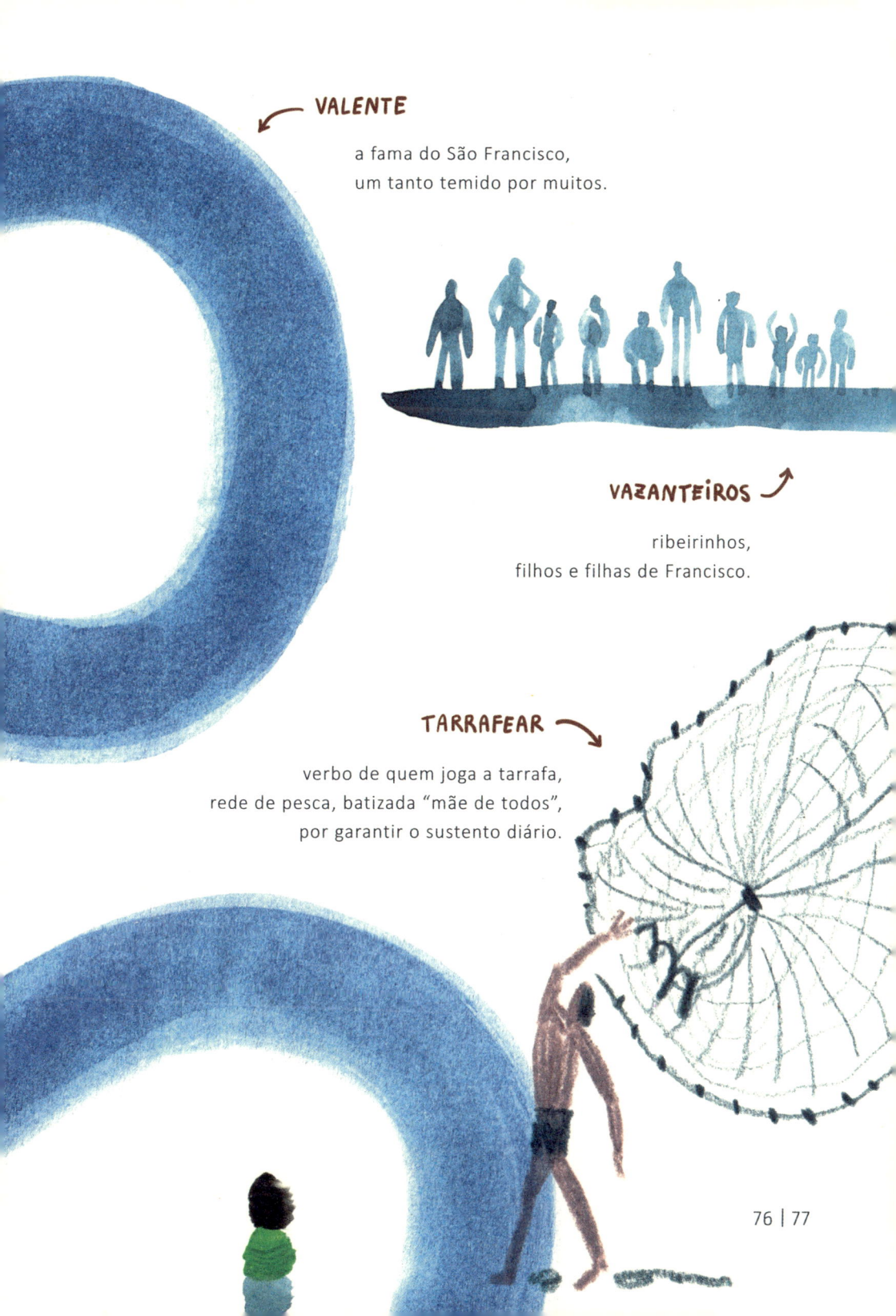

VALENTE
a fama do São Francisco,
um tanto temido por muitos.

VAZANTEIROS
ribeirinhos,
filhos e filhas de Francisco.

TARRAFEAR
verbo de quem joga a tarrafa,
rede de pesca, batizada "mãe de todos",
por garantir o sustento diário.

4: NOVEMBRO
*quando as águas baixam,
as crianças...*

Puxam barquinho na beira-rio,
sabem que lá é vem temporada de estio.

Correm pra catar o vento pela manhã,
fazem da natureza verdadeiro talismã.

Banham-se nas águas de tardinha,
equilibram-se na canoa, na beirinha.

9:NOVEMBRO
constelação de balaio

se a boca é da noite, a fome é de peixe.

17: NOVEMBRO
quando passageiro

no Pantanal
tudo é parente
de barco
embarcação.

A vegetação é flutuante, ilhas de aguapé
são de alguns bichos dos brejos batelão.
Tronco cresce pra um dia ser canoa.
Corixo é água rasa sonhando outras rotas.
Os cardumes são das águas as próprias frotas.
Exímias nadadoras, as capivaras levam pra navegar
nas costas um pássaro chamado suiriri-cavaleiro.
Já Guató é sinônimo de povo canoeiro.

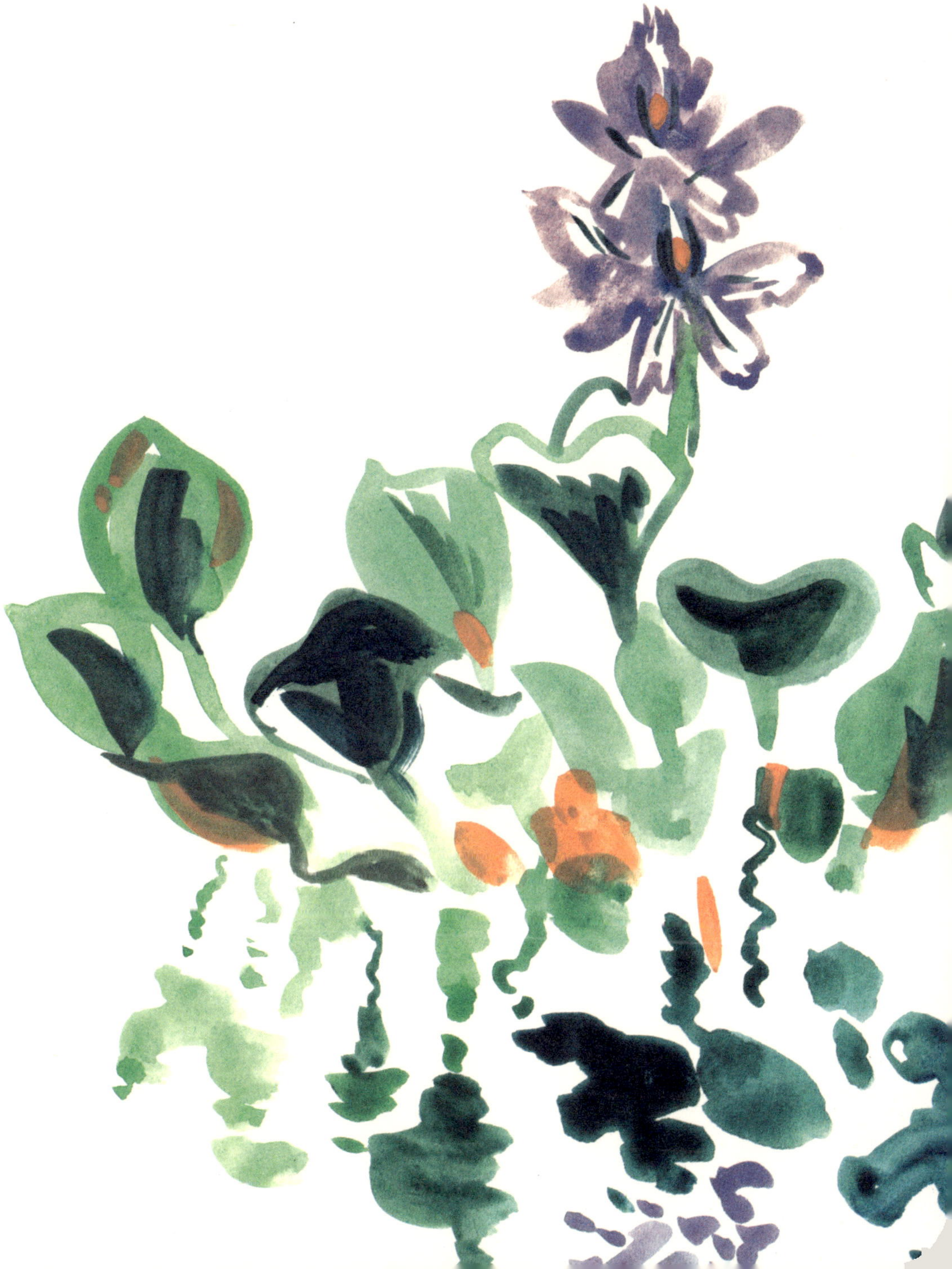

23: NOVEMBRO
questão de tempo

Perguntei ao velho da beirada:
O que é ser pantaneiro?
A resposta veio só depois de um
longo gole de tereré.
É ter sempre esse vento norte batendo
no peito o dia inteiro.

Perguntei à moça de olhos de tucumã
das águas claras do Tapajós:
O que corta o silêncio do rio?
Mana, é boto rebujando a noite
em festa de piracaia.

Perguntei ao barranqueiro o que era ser
criança pelas ilhas do Velho Chico.
Num sorriso demorado, veio a definição:
Ser batizado no batuque e na roda.

Perguntei à menina na beira
do Marimbus, um pequeno
Pantanal baiano.
Qual o segredo para pegar peixe
no anzol?
Ter muita paciência com a piaba,
a bicha mais abestalhada.

Perguntei ao menino de um paraná
amazônico, numa chuva forte que
tingia o dia tal qual água turva de rio
no inverno:
De que tem saudade?

Saudade de pé no chão.

2 : DEZEMBRO
despedida

Barquinho
em alto-mar
sabe de cor
rebojos
corredeiras e
dias de partida.

tracajá

10 : DEZEMBRO
mares e marés

Ontem, sentada na ponta do trapiche,
ouvi um lamento baixinho.
Era aviso de maré enchendo, água de novo
saudosa de transbordamento.

trapiche

15: DEZEMBRO
cálculos Temporais

3 voos perdidos no caminho

187 horas de barco

24 pulos no rio (sendo **9** escorregões)

½ semana de banzo

1 caderneta de palavras e expressões ribeirinhas

2 vezes a pergunta: quantas luas para você voltar?

1 HD de imagens perdido submerso

1 semana esperando um barco que nunca chegou

6 cardumes saboreados

4 capas de chuva rotas

5 lanternas que comprei e perdi ou dei ou deixei

8 temporais a bordo

3 engasgos com espinhas

68 arquivos de áudios de causos gravados no balanço da rede

102 causos ribeirinhos

nenhum peixe fisgado

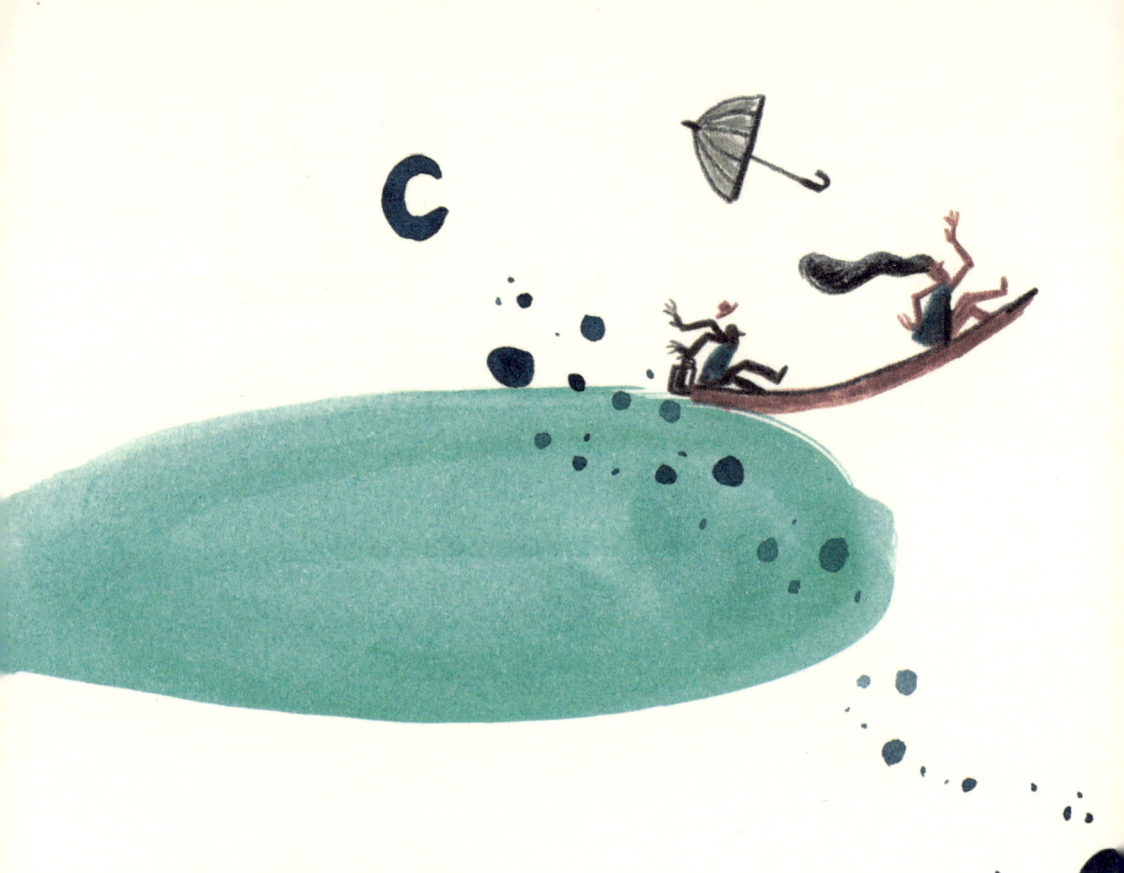

23 : DEZEMBRO
finda temporada

Peguei um voo direto,
quatro horas para chegar à cidade.
Já habituada a navegar,
outra parte de mim retornou de canoa.
Só aportou muitos dias,
ou duas ou três luas, depois.

31: DEZEMBRO
epílogo

Voltei sem
saber remar
nem rimar.

itineráRIO

Escrever é mariscar palavras-peixes que beliscam nosso anzol.
Num tempo que segue o curso do rio, sem a certeza do relógio.
Não dá pra apressar, não tem como represar.

Foi mariscando lembranças de andanças por muitos rios que este diário nasceu, quase afluente de um desejo de radiografar a vida nas águas, uma tarefa tão fascinante quanto naufragável. Surgiu depois de algumas incursões por estradas aquáticas, em diferentes épocas, nas mais variadas missões, em diversas embarcações, de canoas a batelões, por rios como Amazonas, Tapajós, Xingu, São Francisco, Paraguai, Oiapoque, Humaitá, Santo Antônio...

Um dos períodos de maior intensidade, no entanto, ocorreu entre 2012 e 2014, quando percorri muitos quintais de água pelo Infâncias, projeto que documenta a vida de meninas e meninos do Brasil. Foram viagens feitas ao lado da jornalista Marlene Peret e do fotógrafo Samuel Macedo. Aqui, o registro da experiência que ficou como marca d´água em mim.

No percurso, fui descobrindo furos, igarapés, atalhos em mata inundada do vasto universo dos saberes, fazeres e viveres das águas. E tentando definir termos e expressões, decifrando novas sonoridades, observando modos de viver, mapeando paragens aquáticas por onde naveguei.

Depois dessas travessias, por vezes, uma frase ouvida à beira de um igarapé voltava a escoar em mim — se o igarapé está quieto, cuidado com as feras, mana. Assim também voltavam a navegar expressões de sonoridades tão longínquas, de poesia pronta, que as palavras rasas custavam a traduzir.

Tal itinerário foi sendo desenhado numa cartografia de lembranças do fundo e das brenhas, aguadouro de experiências do vivido (ou não), desaguando com força a vida regida pelos ciclos das águas, que enchem, vazam, secam e inundam o cotidiano dos povos das beiradas. Tudo reunido numa só bacia hidrográfica.

Glossário

águas grandes
O tempo do inverno, das chuvas, é também tempo das águas grandes, ouvi dizer dos ribeirinhos da Amazônia. Para os barranqueiros do rio São Francisco, o Velho Chico, nas partes mais largas, é também "água grande".

aningal
Foi numa comunidade ribeirinha do rio Xingu que conheci pela primeira vez um aningal, lugar onde dá aninga, uma planta comprida e levinha, boa para fazer barquinhos e jangadas (como chamam uma espécie de boia).

barranco
As beiradas de alguns trechos do Velho Chico são abarrancadas, chamadas pelo povo de lá de barranco. Quem mora nessas regiões também é conhecido como barranqueiro (outro jeito de dizer "ribeirinho").

batuque
Referência cultural forte no Norte de Minas Gerais, conheci o batuque, uma dança, numa roda do quilombo da Lapinha, em Matias Cardoso. Para brincar, vêm os tocadores, cantadores e dançadores, que falam nas músicas das coisas do lugar.

bichos do fundo
Como são também chamados alguns encantados na forma de botos, cobras, jacarés e peixes, geralmente grandes. Ouvi nas beiras do Pará que as ervas da terra (folhas, raízes) são boas para tirar quebrante de encantado, as doenças de malineza.

camalote
Ou aguapé. É um tipo de vegetação aquática que a gente avista em trechos do rio Paraguai. Dizem que dá também no Amazonas, mas foi no Paraguai que vi essa espécie correndo as águas, mudando o tempo todo a paisagem.

Carapanã
Eita bichinho chato que é esse! Na região Norte do país, é como é chamado o mosquito, a muriçoca ou o pernilongo, insetos que infernizam à tardinha, animados em sugar o sangue das pessoas.

desjejum
É a primeira refeição do dia, o café da manhã. Para o povo Huni Kuin, nas margens do rio Humaitá, no Acre, o desjejum pode ser um delicioso mingau de banana, chamado de "mani mutsá".

encaiporado
É um termo que designa uma pessoa que está sem sorte, correndo risco de sofrer todo tipo de maldade. Foi o que ouvi de um pescador de Belém que, para se livrar desse mal, tomou banhos especiais recomendados por uma mulher sabida em ervas.

malinar
Os encantados das águas são seres que podem curar e praticar o bem, mas podem também causar mau-olhado, provocar uma espécie de feitiço. Foi o que me contou uma moça casada do povoado Sulimões, à beira do rio Tapajós.

maromba
É como os ribeirinhos do Norte chamam as elevações de tábuas que são feitas dentro das casas na época das cheias, quando as águas se espalham por locais como o paraná do Tapará, um braço do rio Amazonas.

mundiar

É quando um encantado, entidade das matas ou das águas, encanta uma pessoa, provocando que se perca na floresta ou no rio, por exemplo. Pode acontecer com quem não respeita a natureza e entra em seu território sem pedir licença.

panema

Quando alguém está panema, está sem sorte para pescar, caçar e até arranjar um amor. É o que contaram os indígenas Huni Kuin que vivem às margens do rio Humaitá, no Acre. Lá algumas plantas curam quem está panema.

pedral

Nos rios, pedrais são regiões com pedras que fazem as águas ficarem encachoeiradas. Nas margens do rio Xingu, onde vive o povo Asurini, as crianças saltam de pedrais apostando quem chega primeiro na outra margem!

pira

No Norte do país, as crianças não brincam de pega-pega. Brincam de pira! O pira-esconde é uma espécie de pega-esconde, em que a turma arranja um canto bom pra se esconder, enquanto o pegador tem a missão de todos encontrar.

piracaia

A lua cheia é convite para uma piracaia, quando se pesca o peixe com anzol, zagaia ou tarrafa e se prepara um delicioso churrasco na beira do rio. Se alguém puxa o violão ou solta a voz, a festa na praia de água doce fica completa.

pirarara

Peixe de couro que chega a atingir 1,5 metro de comprimento e mais de 60 quilos. Mas o que me contou uma menina num mergulho de rio foi que é preciso temer a pirarara, que, com sua bocarra, come uma criança e ninguém repara.

potoca

Primeiro eu conheci o Zé Potoca e depois eu entendi o que significava a palavra potoca. Lá da beira do Velho Chico, o Zé contou que potoca é coisa inventada. Nem ele nem eu vamos dizer que é mentira!

Tereré

Pelas beiradas do rio Paraguai, é comum o povo contemplar o rio tomando bons goles de tereré, um refresco gelado preparado de mate, bem popular, servido na guampa, geralmente feita de madeira ou couro.

Trapiche

Nas andanças pelo Norte do país, a gente rapidamente aprende o que é trapiche. Pois é preciso logo na chegada saber se equilibrar nas passarelas ou nas pontes feitas de tábuas, suspensas, por vezes compridas, ligando as casas do lugar.

Vermelhas e cheirosas

O que pode esquentar a comida sem usar fogo? Uma menina de um paraná do rio Amazonas me perguntou. São as pimentas que, na seca, são plantadas no chão, encanteiradas, e, na cheia, são plantadas em canoas abandonadas e ficam suspensas.

Visagens

São visagens os encantados e os bichos do fundo, entre outros seres que governam as águas e as matas. As visagens são guardiãs das árvores e seus frutos, dos igapós e das veredas no tempo da seca.

CARTOGRAFIA DOS ANOS

↳ RIO AMAZONAS
amazonas 2002/2010

RIOS VOADORES ↗
região norte / sem data
(não os encontrei)

↙ RIO MADEIRA
rondônia 2002

RIO HUMAITÁ
acre 2014 ↓

← corixos sem nome

↖ igapós
imaginários

RIO OIAPOQUE
amapá 2011

↙ igarapés sem data

MARIMBUS
chapada diamantina
bahia 2014

RIO XINGU
pará 2012/2013

RIO TAPAJÓS
pará 2002

RIO SÃO FRANCISCO
minas gerais e bahia 2012

RIO JEQUITINHONHA
minas gerais 2011

* (naveguei nele pelas histórias dos vinensi do vale)

KAMMAL JOÃO

Com mais ou menos quinze anos, tive meu primeiro caderno de desenho. De lá pra cá tenho sempre um deles comigo, me acompanhando em quase tudo o que faço. Em 2010, passei seis meses percorrendo o interior do Brasil e, ao longo dessa viagem, mandava cartas desenhadas para meu irmão Amir, na época com sete anos. As cartas viraram um livro, que foi publicado em 2015 pela A Bolha Editora. Foi um projeto que me ajudou a mergulhar nas relações entre imagem, escritos e registros.

E para o *Diário das Águas*, mesmo fazendo essa viagem através das palavras da Gabi, busquei manter o frescor dos rascunhos e "inacabamentos" dos cadernos onde diferentes tempos vão se compondo ao longo das páginas.

Atualmente, vivo e trabalho no Rio de Janeiro como artista visual e educador. Desde 2018 dou aula para crianças no Parquinho Lage onde tem me interessado pesquisar as relações entre desenho, corpo. Com o projeto Cadernos e caminhos levamos pequenos grupos a experiências de registro sensível pelo interior do Brasil.

GABRiELA ROMEU

Sou escritora, pesquisadora das infâncias, documentarista e jornalista. Ou seja, gosto de contar histórias de muitos jeitos e comecei escrevendo reportagens no jornal *Folha de S.Paulo*, onde editei o caderno Folhinha e rodei muitos cantos do país ouvindo as crianças. Já experimentei desfiar histórias também em exposições e mais recentemente no teatro.

Mais do que contar histórias, gosto de viver bons encontros em diferentes estradas. Foi assim que este livro nasceu, a partir do encontro com meninas e meninos em diferentes beiradas d'água. A cada encontro eu me enchia de histórias e palavras. E as palavras são como rio, vão molhando nossas margens, enchendo ribanceiras, até que transbordam. Por isso foi preciso escrever este livro.

Cada livro é uma espécie de jornada. E como toda travessia, a gente aprende algo no caminho. Nessa navegação pelas águas, o tempo foi meu destino e meu maior aprendizado. Outros livros que escrevi, como *Terra de cabinha*, *Lá no meu quintal*, *Álbum de família* e *Irmãs da chuva* (premiados ou indicados no Jabuti, na FNLIJ, na Cátedra Unesco e na revista *Crescer*), me ensinaram que é urgente conhecer as muitas infâncias e os muitos Brasis.

AGRADECIMENTOS

Foram muitas as viagens pelas águas até chegar a estes agradecimentos. Diversas parcerias, pessoas e instituições me acolheram nos trajetos, feitos em diferentes momentos, projetos e atuações. Difícil mencionar todos os nomes de pessoas, instituições e lugares, mas alguns não poderiam ficar de fora. Meus agradecimentos às reservas extrativistas e aos moradores de Lago do Cuniã (Rondônia), Tapajós-Arapiuns (Pará) e Cajari (Amapá); aos povos Guató (ilha Ínsua, MS), Xikrin, Araweté e Asurini (Altamira, PA); às comunidades de Pescadores de Vila Nova (Senador José Porfírio, PA), às comunidades ribeirinhas da Barra de São Lourenço (Serra do Amolar, MS), à comunidade quilombola de Remanso (Chapada Diamantina, BA), às comunidades do paraná do Tapará (Santarém, PA); à Fundação Tucaia (Altamira, PA), ao Instituto Homem Pantaneiro, ao projeto Tecendo Saberes, coordenado por Marie Ange Bordas, à *Folha de S.Paulo*, onde trabalhei por anos e tive a oportunidade de conhecer muitas águas brasileiras. Agradeço especialmente à minha família, que sempre aguardou meu retorno, a todas as famílias e crianças que me receberam e aos meus queridos amigos do Infâncias (www.projetoinfancias.com.br), Marlene Peret e Samuel Macedo.

Copyright © 2022 Gabriela Romeu
Copyright das ilustrações © Kammal João

Editora
Renata Farhat Borges

Editora assistente
Ana Carolina Carvalho

Projeto gráfico e diagramação
Manon Bourgeade

Ilustrações
Kammal João

Revisão
Thais Rimkus

1ª edição, 2022 – 2ª reimpressão, 2025
EDITORA PEIRÓPOLIS LTDA.
Rua Girassol, 310f – Vila Madalena
05433-000 – São Paulo – SP – Brasil
tel.: (55 11) 3816-0699
vendas@editorapeiropolis.com.br
www.editorapeiropolis.com.br

"O boto não dorme no fundo do rio" é verso da música
"Foi boto, sinhá", de Waldemar Henrique.

Dados Internacionais de Catalogação na Publicação (CIP) de acordo com ISBD

Romeu, Gabriela
    Diário das águas / escritos Gabriela Romeu ; desenhos Kammal João. - São Paulo: Peirópolis, 2022.
    104 p. : il. ; 16 cm x 21,7 cm.
    ISBN: 978-65-5931-221-4

    1. Literatura infantojuvenil. 2. Diários. 3. Poesia. 4. Relato de viagem. I. João, Kammal. II. Título.

CDD 028.5

Bibliotecário Responsável: Oscar Garcia - CRB-8/8043

Índice para catálogo sistemático:
Literatura infantojuvenil : Relato de viagem 028.5

MISTO
Papel | Apoiando o manejo florestal responsável
FSC® C044162

https://www.
editorapeiropolis.com.br/
diario-das-aguas/

mergulhe aqui

Este livro foi composto em Calibri e RopaSoft
e impresso em Pólen Bold 90 g/m² nas
oficinas da gráfica Pifferprint na época
das cheias das águas.